Pour toutes les Brownies Battersea,
passées, présentes et futures !

Copyright © 2010 Caroline Plaisted
Titre original anglais : Brownies Circus Camp
Copyright © 2012 Éditions AdA Inc. pour la traduction française
Cette publication est publiée en accord avec Stripes Publishing LTD

Éditeur : François Doucet
Traduction : Marie-Hélène Cvopa
Révision linguistique : Daniel Picard
Correction d'épreuves : Nancy Coulombe, Katherine Lacombe
Montage de la couverture : Matthieu Fortin
Illustrations de la couverture et de l'intérieur : © 2010 Katie Wood
Mise en pages : Sébastien Michaud
ISBN papier : 978-2-89667-689-7
ISBN PDF numérique : 978-2-89683-649-9
ISBN ePub : 978-2-89683-650-5
Première impression : 2012
Dépôt légal : 2012
Bibliothèque et Archives nationales du Québec
Bibliothèque Nationale du Canada

Éditions AdA Inc.	**Diffusion**	
1385, boul. Lionel-Boulet	Canada :	Éditions AdA Inc.
Varennes, Québec, Canada, J3X 1P7	France :	D.G. Diffusion
Téléphone : 450-929-0296		Z.I. des Bogues
Télécopieur : 450-929-0220		31750 Escalquens — France
www.ada-inc.com		Téléphone : 05.61.00.09.99
info@ada-inc.com	Suisse :	Transat — 23.42.77.40
	Belgique :	D.G. Diffusion — 05.61.00.09.99

Imprimé au Canada

Participation de la SODEC. SODEC

Nous reconnaissons l'aide financière du gouvernement du Canada par l'entremise du Fonds du livre du Canada (FLC) pour nos activités d'édition.
Gouvernement du Québec — Programme de crédit d'impôt pour l'édition de livres — Gestion SODEC.

Catalogage avant publication de Bibliothèque et Archives nationales du Québec et Bibliothèque et Archives Canada

Plaisted, Caroline

    Un camp bien spécial
    (Brownies ; 6)
    Traduction de : Circus camp.
    Pour enfants de 7 ans et plus.
    ISBN 978-2-89667-689-7

I. Cvopa, Marie-Hélène. II. Titre. III. Collection : Plaisted, Caroline.
Brownies ; 6.

PZ23.P5959Ca 2012   j823'.914   C2012-941552-9

Brownies

Un camp bien spécial

Caroline Plaisted

Traduit de l'anglais par
Marie-Hélène Cvopa

Voici les Brownies

Katie

Katie, la sœur jumelle de Grace, est très sportive, aime jouer à des jeux et gagner. Elle veut obtenir tous les insignes brownies. Sa sizaine est les Renards!

Jamila

Jamila a trop de frères, alors elle adore les Brownies, car LES GARÇONS SONT INTERDITS! Jamila est une Blaireau!

Ellie

Ellie est impressionnante dans le domaine de l'artisanat. Elle était auparavant une Arc-en-ciel et aime se faire de nouveaux amis. Ellie est une Hérisson!

Charlie est folle des animaux et possède un cochon d'Inde nommé Nibbles. Elle adore les questionnaires des Brownies et les pow-wow. Sa sizaine est les Écureuils!

Charlie

Grace

Grace est la sœur jumelle de Katie et elle adore le ballet. Elle apprécie les sorties avec les Brownies et est une Lapin!

Chapitre 1

Nous sommes des Guides Brownies,

Nous sommes des Guides Brownies,

Nous sommes là pour rendre service,

Pour aimer notre Dieu et

servir notre Reine

Et aider à la maison ainsi que notre pays.

Nous sommes des copines Brownies,

Nous sommes des copines Brownies

Au nord, au sud, à l'est et à l'ouest,

Nous sommes réunies dans notre désir
D'essayer de faire de notre mieux !

Les Brownies de la première unité de Badenbridge affichèrent un grand sourire en s'asseyant par terre après leur chanson. Elles étaient impatientes de commencer la réunion.

— Bonjour, les Brownies, dit Vicky, une des chefs. C'est magnifique de vous voir toutes.

— Nous avons une soirée remplie d'activités planifiées, basées sur les idées que vous avez mentionnées la semaine dernière, ajouta Sam, l'autre chef.

— Mais d'abord nous voulions vous remercier pour toute l'aide que vous avez apportée lors de notre soirée portes ouvertes, poursuivit Vicky.

— C'était vraiment très amusant ! s'exclama Chloe, qui était dans le groupe des Blaireaux avec Jamila.

— Beaucoup de gens sont venus, n'est-ce pas? dit Emma, la sizenière des Renards.

Comme toutes les Brownies à travers le Royaume-Uni, les filles avaient travaillé en vue de l'obtention de l'insigne spécial «Aventure 100». C'était pour célébrer le centenaire des Guides au Royaume-Uni, et les Brownies avaient eu la possibilité de participer à un minimum de 10 défis différents, de leur choix. Elles avaient récemment complété *Dansons dans la ville* — une chorégraphie spéciale qui les avait toutes emmenées à faire le tour de la ville — pour montrer à tout le monde à quel point les Brownies, c'était fantastique. Elles avaient également décidé d'organiser une soirée portes ouvertes où des filles pouvaient venir et en apprendre davantage sur les Brownies. Ainsi, lors de leur réunion la semaine précédente, les Brownies de la première unité de Badenbridge

ont reçu un grand nombre de visiteurs. Elles ont montré leur projet et le travail en vue d'insignes, ainsi que joué à des jeux fantastiques et chanté des chansons avec leurs invités.

— Est-ce que quelques-unes des filles qui sont venues ont dit qu'elles voulaient joindre les Brownies ? se demanda Grace.

Elle s'était sentie particulièrement importante lors de la soirée portes ouvertes, car on lui avait remis son insigne « Danseuse » devant tout le monde. Maintenant elle le portait fièrement sur son écharpe.

— Beaucoup d'entre elles, répondit Sam. En fait, cinq filles vont se joindre à nous après la moitié du trimestre.

Il y eut un sursaut d'excitation autour du cercle, et Sam et Vicky rirent.

— Ce sera fantastique d'avoir beaucoup de nouveaux membres, n'est-ce pas? dit Vicky.

Les Brownies acquiescèrent de la tête avec enthousiasme.

— Bon! Nous devons parler du voyage en camping de notre unité, annonça Sam.

La salle bourdonna de bavardages excités.

— Daisy nous accompagnera, expliqua Sam.

— Ainsi que la mère d'Ashvini, Aruna, et ma sœur, Alex, déclara Vicky.

Les Brownies applaudirent et Ashvini afficha un large sourire, heureuse que sa mère aussi vienne camper.

— Alex n'est-elle pas une chef guide ? demanda Lauren, dont la sœur aînée était Guide.

— Elle l'est, dit Vicky avec un grand sourire.

— Wow ! dit Charlie. Va-t-elle être vraiment sévère ?

Les chefs rigolèrent.

— Ne t'en fais pas, répondit Vicky. Elle est peut-être ma sœur aînée, mais je vous promets qu'elle est très amusante !

— Nous avons pour vous une lettre que vous devez apporter avec vous à la maison, expliqua Sam. Elle contient toutes les informations dont vos parents ont besoin concernant le camp et qui leur demande de venir à une réunion pendant la rencontre brownie de la semaine prochaine.

Nous vous la donnerons lorsqu'il sera l'heure de partir.

— Où allons-nous camper? demanda Pip, la dernière s'étant jointe aux Brownies de la première unité de Badenbridge.

— Un endroit fantastique qui s'appelle Waddow Hall dans le Lancashire, dit Vicky. Il appartient aux Guides du Royaume-Uni.

— Vous allez l'adorer, dit Daisy qui avait déjà visité Waddow Hall auparavant. Il y a beaucoup de choses fantastiques à faire là-bas.

— Quel genre de choses? se demanda Amber.

— Par exemple des randonnées, des jeux et des sports. Nous allons en plus apprendre de nouvelles compétences! s'exclama Molly qui avait déjà participé à plusieurs camps brownie.

— Oui, confirma Megan. L'an dernier nous avons appris à cuisiner, nous sommes allées nager et nous avons aussi écrit des journaux quotidiens sur le camp. Si vous n'avez pas encore obtenu votre insigne «Campeuse», vous pourriez peut-être y travailler pendant que vous y serez.

— Vicky, est-ce que je pourrai faire mon insigne «Campeuse avancée»? demanda Molly.

— Absolument, lui répondit-elle.

Et celles parmi vous qui n'ont pas terminé leur insigne «Par monts et par vaux» pourront y travailler aussi.

— Ouiiii! s'écrièrent les Brownies, heureuses et affichant un grand sourire.

— Daisy va nous faire une liste des filles qui désirent travailler sur des insignes pendant que nous camperons. Elle viendra à vos tables de sizaines pour vous demander ce que vous aimeriez faire, dit Sam. Alors, pourquoi ne pas jeter un œil à votre *Livre d'insignes* pour voir ce que demande chacun d'entre eux? Oh — et

n'oubliez pas que notre camp comptera aussi pour l'insigne «Aventure 100» à la fin de l'année du centenaire!

— Bien, dit Vicky. Le sujet du camp nous mène à notre première activité de ce soir... un questionnaire!

Les Brownies adoraient les questionnaires.

— Cela traite uniquement de camping, dit Sam. Celles d'entre vous qui y sont déjà allées se souviendront à quel point il est important de suivre les règlements du camp.

— Quels règlements du camp? demanda Ellie en fronçant les sourcils.

— Comme par exemple garder votre tente et le campement bien ordonnés pour qu'ils soient sécuritaires. Et aider à la préparation des repas et se joindre au plaisir! dit Daisy. Ne vous inquiétez pas, vous les apprendrez rapidement. Et ils font aussi partie de l'insigne «Campeuse».

— Nous voulons que vous travailliez
ensemble en tant que groupe afin que les
Brownies plus âgées puissent aider les plus jeunes
à répondre aux questions, dit Vicky en distri-
buant les exemplaires du questionnaire.

— Et quand vous aurez terminé, ajouta Sam,
vous pourrez toutes revenir dans le cercle afin de
discuter de vos réponses. Prêtes ?

— Ouiii ! hurlèrent les Brownies excitées en
se précipitant vers leurs tables des sizaines pour
commencer.

Ellie était soulagée de découvrir que les règlements du camp n'étaient pas difficiles à apprendre
du tout. Lorsqu'elles eurent fini le questionnaire,
les Brownies jouèrent à un de leurs jeux pré-
férés — *Feux de circulation*. Puis, juste avant la fin
de la rencontre, Vicky demanda à quelques-unes

des filles plus âgées de venir pour un pow-wow spécial avec elle.

— Que font-elles d'après toi? demanda Katie à Lottie.

— Emma m'a dit qu'elles ont une réunion pour décider du thème de notre camp, expliqua-t-elle. À chaque année, les Brownies plus âgées choisissent un thème. L'année dernière, c'était les animaux… je me demande ce que ce sera cette fois?

— Moi aussi…, répondit Katie, pensive

Brownies

Chapitre 2

— Alors, dis-nous ! la pressa Katie. Quel est le thème de notre camp, Boo ?

C'était jeudi après-midi et les cinq meilleures amies étaient assises dans la chambre de Charlie, bavardant de leur prochaine grande aventure brownie. Boo, la grande sœur de Charlie était avec elles.

— Je ne peux pas vous le dire ! répondit Boo. Je suis tenue au secret.

— Oh, allez ! dit Charlie. C'est *tellement* injuste que tu le saches déjà !

Les autres filles approuvèrent. Mais les lèvres de Boo étaient scellées.

— Si je vous le disais, je romprais ma promesse faite à Vicky et à Sam, expliqua-t-elle. De toute façon vous le saurez bientôt.

Jamila soupira.

— Oh, je ne peux pas attendre ! Le camp sera tellement amusant !

— Mais ne va-t-il pas faire froid ? se demanda Ellie. Vous savez, dormir dehors ?

— Eh bien, ma tente était chaude et confortable lorsque Katie et moi sommes allées camper avec maman et papa, fit remarquer Grace. N'as-tu jamais fait de camping, Ellie ?

— Jamais, répondit Ellie. Et je ne suis pas sûre d'aimer l'idée. Ce sera tellement noir la nuit ! En plus, il y aura toutes ces araignées et créatures rampantes — beurk !

— J'étais inquiète avant d'aller à mon premier camp brownie, dit Boo. Je croyais que j'allais trouver un serpent dans mon sac de couchage !

— Oh, dis-moi s'il te plaît qu'il n'y a pas de *serpents* à Waddow Hall! cria Ellie, angoissée.

Toutes les filles rigolèrent.

— Bien sûr que non! dit Boo. Les campements brownie sont vraiment confortables, avec de vraies toilettes et des tentes bien chaudes. Nous allons nous amuser, jouer à des jeux et découvrir un tas de nouvelles choses. J'adore le camp brownie — et vous aimerez ça vous aussi!

— Tu crois ? demanda Ellie, pas très convaincue.

— Absolument! dit Boo. Hé — je vais aller chercher mon journal intime du camp de l'année dernière pour que vous puissiez voir ce que nous avons fait.

— Ne t'en fais pas, Ellie, lui dit Jamila avec douceur tandis que Boo filait dans sa chambre. Ce sera notre premier camp brownie pour nous cinq. Personne d'entre nous ne sait comment ce sera.

— Mais nous serons toutes là ensemble et nous savons que Vicky et Sam vont s'assurer que ce sera super amusant! ajouta Grace.

— Oui, dit Charlie. En plus, Alex, la chef Guide, sera là aussi. N'est-ce pas cool?

Boo revint avec un carnet dans ses mains.

— Jette un œil, dit-elle en le tendant à Ellie. Tu dois écrire dedans à chaque jour du camp. Au

début, j'ai cru que ce serait peut-être ennuyeux, mais en fait c'est amusant d'écrire ce que tu fais.

Les filles feuilletèrent le carnet qui était rempli de photos et de dessins de Brownies heureuses, s'amusant à faire toutes sortes de choses.

— Wow, tu as fait du tir à l'arc ! s'écria Katie.

— Et là on dirait que tu joues à un jeu génial, fit remarquer Jamila.

— *Tout* est fantastique au camp brownie, déclara Boo. Tu fais la connaissance de beaucoup de Brownies d'autres unités de tout le pays. Je me suis fait tellement de nouvelles amies et j'ai tellement ri.

— Je me souviens quand tu es revenue, dit Charlie. Tu es allée directement au lit et tu ne t'es levée qu'à l'heure du déjeuner le lendemain !

Boo rigola.

— Eh bien, j'étais exténuée ! Écoute, Ellie — tu vas *adorer* le camp. Surtout avec le thème de cette année.

Elle fit un clin d'œil moqueur. Juste à ce moment, Boo entendit sa mère appeler du bas de l'escalier.

— Je dois y aller. J'ai promis de l'aider avec Georgia. Bye !

— À plus tard ! répondirent les autres.

— Le camp sera incroyable, dit Grace. Pensez seulement à tous les nouveaux insignes sur lesquels nous pourrons travailler pendant que nous serons là !

— Ce sera super de terminer l'insigne « Par monts et par vaux », répondit Charlie. C'était le premier que nous avions commencé lorsque nous avons rejoint les Brownies !

— J'ai presque oublié ce que nous devons faire pour le terminer, dit Grace.

— Laisse-moi vérifier là-dedans, dit Charlie en prenant son *Livre d'insignes*. J'ai lu sur ce sujet hier soir dans mon lit.

Les Brownies parcoururent la liste des tâches. Elles étaient déjà allées à la chasse aux détritus avec leur unité et avaient créé une affiche concernant la sécurité en promenade.

— Je suppose qu'au camp nous apprendrons comment nous habiller pour prendre une marche et comment lire une carte, dit Ellie.

— Et à propos de l'insigne « Campeuse » ? demanda Katie. Qu'est-ce qu'ils disent là-dessus ?

Charlie tourna les pages avec son pouce.

— Voilà, dit-elle. Ok. Il est évident que nous devons aller camper... faire une nouvelle activité pendant que nous y serons... écrire un journal intime et fabriquer un souvenir...

Grace regarda par-dessus l'épaule de Charlie.

— Et aider à la préparation des repas et au rangement. Et aller chercher de l'eau et du bois... dit-elle.

— … Et savoir comment se garder au sec, ainsi que la tente et les choses à l'intérieur, dit Charlie.

— Super! s'exclama Katie. Je suis impatiente de recevoir un nouvel insigne. Il ne me reste que quelques petites choses à faire aussi pour mon insigne «Sports»!

Sports

— Et j'ai presque terminé mon insigne «Amie des animaux», dit Charlie.

Amie des animaux

— Et qu'en est-il de ton insigne «Artiste», Ellie? demanda Grace. Tu as travaillé tellement dur là-dessus qu'il ne doit pas te rester beaucoup à faire.

Artiste

— C'est vrai, approuva Ellie. Il ne me reste qu'une peinture à finir. Oh, et je vais aussi la présenter au concours d'art de Badenbridge. Cela a lieu ce samedi à l'Hôtel de ville. Maman et moi

en avons entendu parler seulement la semaine dernière et
j'ai vraiment dû me dépê-
cher pour faire ma peinture
à temps !

— Wow ! s'exclama Katie.
Qu'as-tu peint ?

— Eh bien, ce devait être
quelque chose à Badenbridge ;
alors, vu que nous avons grimpé en
haut de la tour de l'horloge de l'Hôtel de ville,
j'ai décidé de peindre un tableau de l'Hôtel de
ville, répondit Ellie. Mais je ne l'ai pas encore
tout à fait complété. C'est pour ça que ma mère
vient me chercher tôt — je dois rentrer à la
maison pour faire les dernières retouches. Elle
doit l'apporter à l'Hôtel de ville demain matin !

— Alors, est-ce que ta peinture sera exposée
pendant la fin de semaine ? demanda Grace.

— Oui! Ellie rougit. J'espère qu'elle paraîtra bien.

— Tes peintures sont toujours fantastiques, Ellie, l'encouragea Jamila.

— Nous demanderons à papa si nous pouvons venir à l'exposition et la voir, n'est-ce pas Grace? dit Katie.

— Et comment! confirma sa sœur.

— Boo et moi ne pourrons pas venir! grogna Charlie. Nous allons rendre visite à grand-maman cette fin de semaine.

— Désolée, Ellie, je ne pourrai pas non plus, déclara Jamila. J'ai mon examen de piano samedi — je suis *tellement* nerveuse! Mais si je réussis, j'aurai complété mon insigne «Musicienne».

Grace sourit.

— C'est une nouvelle fantastique, Jamila!

Juste à ce moment, la sonnette retentit.

— C'est ma mère, dit Ellie en sautant sur ses pieds.

— Bonne chance avec ta peinture ! Elle sera certainement la plus belle.

Grace lui adressa un grand sourire.

— Merci, et je sais que tu seras fantastique à ton examen, Jamila, dit Ellie.

— Oui ! Bonne chance à vous deux !

Katie tapa dans ses mains tandis qu'Ellie envoya la main et disparut en bas des escaliers.

La fin de semaine fut si occupée qu'elle passa en un clin d'œil ! Le lundi matin, Ellie, Charlie, Jamila, Katie et Grace eurent beaucoup de rattrapage à faire avant que l'école ne commence.

— Hé — voilà Jamila ! dit Grace tout excitée à sa sœur tandis qu'elles attendaient dans la cour de récréation.

Juste à ce moment, Ellie arriva.

— Bonjour! dit-elle en se précipitant vers ses amies.

— Attends-moi! s'exclama Charlie en courant derrière elle dans la cour de récréation. Alors, dis-nous! Comment s'est passé l'examen, Jamila?

— Bien, je crois. L'examinateur était vraiment très amical. Jamila sourit. J'aurai les résultats plus tard dans la semaine. Mais Ellie — que s'est-il passé à l'exposition d'art?

— Vous ne pouvez pas vous imaginer à quel point sa peinture était remarquable! s'exclama Grace.

— Oui, ajouta Katie. Elle était tout à fait fantastique — ce qui explique probablement pourquoi Ellie a gagné le premier prix dans la compétition chez les enfants!

— Wow! hurlèrent les autres. Bravo, Ellie!

Ellie rougit.

— Merci ! C'était tellement cool — j'ai reçu un trophée *et* un certificat !

Ding-aling-aling-aling-aling !

— Oh non — la cloche, dit Grace en soupirant.

— Et je voulais en savoir plus sur l'examen de Jamila — et aussi sur le concours d'art, ajouta Charlie.

— C'est une bonne chose que vous veniez toutes chez nous pour le thé après l'école, dit Katie. Nous pourrons alors nous mettre à jour sur tout.

— Et c'est une bonne chose que j'aie fait de délicieux biscuits à l'avoine avec ma grand-mère cette fin de semaine, signala Charlie. Je les apporterai avec moi afin que nous les grignotions !

Chapitre 3

Après l'école, les meilleures amies se dirigèrent vers la maison des jumelles. Elles étaient tellement excitées à propos du camp qu'elles ne purent s'arrêter d'en parler. Les cinq filles, tout en mâchant les délicieux biscuits à l'avoine de Charlie, bavardèrent au sujet de ce qu'elles allaient mettre dans leurs sacs à dos et se demandèrent ce que serait le thème du camp. Et avant qu'elles ne rentrent toutes à la maison, Charlie promit d'obtenir la recette des biscuits à l'avoine auprès de sa grand-mère afin que les filles puissent en faire ensemble un jour.

Le mardi soir, les cinq filles rejoignirent le reste de leur unité dans la salle. Leurs parents ainsi que ceux qui prenaient soin d'elles étaient également présents, attendant la réunion spéciale avec Vicky et Sam.

Après quelques minutes de bavardages excités, les chefs brownie se tinrent debout au milieu de la salle et levèrent la main droite. Aruna, la maman d'Ashvini, était avec elles, car elle donnait un coup de main à la réunion ce soir-là. Les Brownies se turent et levèrent aussi la main droite.

— Merci à tous, dit Sam. Mettons-nous dans le cercle brownie et commençons.

Les Brownies s'assirent rapidement au sol. Comme d'habitude, leur pow-wow débuta avec quelques-unes des filles qui donnèrent des nouvelles spéciales. Izzy, la sizenière des Blaireaux, leur parla d'un livre qu'elle venait juste de lire. Elle s'était dit que les autres Brownies l'apprécieraient aussi parce qu'il parlait d'une Brownie. Poppy et Jamila mentionnèrent qu'elles avaient toutes deux passé des examens de musique et Ellie, bien sûr, leur fit part de son succès au concours d'art.

— Bravo Ellie ! Nous te remettrons ton insigne « Artiste » à la prochaine réunion. Mais pour l'instant, je crois que tu mérites des applaudissements ! déclara Vicky.

Les Brownies lui firent une salve d'applaudissements.

Sam sourit.

— Vous êtes des filles toujours tellement occupées. C'est super d'entendre tout ce que vous avez fait. Bon... qui se réjouit d'aller au camp?

— Moi! crièrent toutes les Brownies dans la salle.

— Bien! dit Sam en rigolant. Comme vous le savez, dans une minute, Vicky et moi allons avoir une réunion avec les adultes pour parler de notre voyage. Mais d'abord, nous avons quelques nouvelles à vous transmettre.

— Lorsque nous allons à notre camp annuel, poursuivit Vicky, Sam et moi aimons lui donner un thème. Chaque année, nous demandons à nos Brownies plus âgées de nous aider à le choisir, en nous inspirant de ce que vous aimez toutes.

Les meilleures amies se regardèrent avec excitation. C'était le moment de révéler le secret de Boo!

— Notre thème cette année est... le cirque! annonça Vicky.

— Oh, j'adore le cirque! dit Caitlin.

— Ainsi, nous allons apprendre des habiletés de cirque pendant que nous serons à Waddow Hall, dit Sam. Et, si vous le désirez, certaines parmi vous pourraient travailler en vue d'obtenir leur insigne « Artiste de cirque » en même temps que celui de « Campeuse ». Est-ce que cela vous plaît?

— Ouiii! approuvèrent les filles.

— Allons-nous commencer à apprendre des habiletés de cirque maintenant? voulut savoir Grace.

— Pas aujourd'hui, répondit Vicky. Mais vous allez fabriquer quelque chose dont vous aurez besoin pour apprendre à jongler — une balle lestée!

Katie était particulièrement heureuse d'entendre cela, car elle avait déjà appris par elle-même à jongler pour le spectacle brownie qu'elles avaient présenté à la soirée pyjama de leur unité. Maintenant, elle serait capable d'aider les autres aussi à apprendre à jongler!

Les Brownies se mirent à bavarder avec excitation. Elles voulaient commencer à bricoler!

Vicky et Sam levèrent la main et les filles cessèrent à nouveau de parler.

— Bien, notre réunion avec les adultes va commencer dans une minute, dit Vicky en regardant sa montre. Aruna et Daisy vont vous montrer comment fabriquer vos balles lestées et…

Mais avant qu'elle n'ait eu le temps de finir, une autre adulte portant la tenue de chef entra dans la salle.

— Oups! dit-elle en portant sa main à sa bouche. Désolée d'interrompre votre pow-wow, les Brownies!

La dame s'avança vers le cercle brownie.

— Voici Alex, dit Sam en souriant. Elle va aussi parler avec les adultes ce soir.

— Bonjour! dirent les Brownies.

— Bonjour! répondit Alex avec un grand sourire. Je me réjouis vraiment de toutes vous rencontrer lorsque nous irons camper!

Les Brownies lui sourirent. Elle paraissait amicale et amusante.

— Bien, dans ce cas, dit Vicky. Nous devrions y aller. Amusez-vous bien en fabriquant ces balles lestées, les filles!

Aruna et Daisy expliquèrent que fabriquer les balles lestées était facile. D'abord, elles prirent un bout de feutre rectangulaire et collèrent des formes en feutre dessus pour obtenir un visage de clown. Puis, elles cousirent ce morceau à un autre

rectangle en feutre en ne laissant qu'un côté ouvert. Après avoir rempli la balle de haricots durs et secs, elles la cousirent et — *tadam* — elles obtinrent une balle lestée !

Les Brownies rejoignirent leurs tables des sizaines et furent rapidement occupées à travailler. Autour de la salle, les filles parlèrent du camp tout en travaillant. Elles voulaient toutes fabriquer deux balles lestées pour pouvoir jongler avec elles, mais pas tout le monde ne réussit à

finir la deuxième avant le retour de Vicky, Sam et Alex.

— Comment vous débrouillez-vous? demanda Alex tandis que les chefs vinrent regarder leur ouvrage. Wow! Elles sont fantastiques. J'espère que vous rejoindrez toutes mon unité des Guides un jour — nous avons besoin de votre talent!

Les Brownies firent un grand sourire, contentes.

— Maintenant, les filles, dit Vicky en frappant dans ses mains. J'ai bien peur que nous manquions de temps.

— Mais je n'ai pas encore fini! répondit Charlie.

— Moi non plus! s'exclamèrent beaucoup d'autres filles.

— Eh bien, dit Sam, nous pouvons soit continuer avec les balles lestées, soit jouer à un jeu avant l'heure de partir — à vous de choisir.

— Un jeu! crièrent les Brownies.

— D'accord, dit Vicky. Prenez les balles lestées avec vous pour les terminer à la maison — mais n'oubliez pas de les apporter au camp!

Les Brownies rangèrent rapidement, prêtes à jouer.

— C'est un jeu de cirque qui nous mettra dans l'ambiance du camp, déclara Vicky. Il s'appelle *Le grand chapiteau*.

— Comment joue-t-on? demanda Grace.

— Imaginez que la salle soit un grand chapiteau. Lorsque je crie *Clowns*, vous devez courir jusqu'à l'avant, expliqua Sam. Si je dis *Trapèze*, courez jusqu'au coin. *Monocycle*, courez vers les armoires et *Monsieur Loyal*, allez aux fenêtres.

La dernière fille à atteindre chaque endroit, ou quiconque se rend au mauvais endroit, est éliminée, dit Vicky. La dernière personne qui reste dans le grand chapiteau est la gagnante !

La salle bourdonna d'enthousiasme.

— Prêtes ? demanda Vicky. *Clowns* !

Deux jours plus tard, le jeudi soir, Ellie, Jamila, Charlie, Katie et Grace se réunirent chez Jamila pour terminer leurs balles lestées. Tout en travaillant, elles discutèrent de ce qu'elles avaient mis dans leurs sacs à dos, prêtes à partir au camp le lendemain.

— Je ne comprends pas pourquoi nous devons mettre tout un ensemble de vêtements, que nous ne porterons même pas, dans un sac séparé ! dit Katie.

— C'est un *peu* bizarre, dit Jamila.

— Maman dit qu'il faut les donner à Vicky et à Sam quand nous arriverons au camp, expliqua Charlie. C'est un ensemble de vêtements d'urgence au cas où il arriverait quelque chose à tes autres habits. Mais personne n'en a jamais besoin.

— Que pourrait-il arriver à *tous* tes autres vêtements ? se demanda Grace.

— Oh, je ne veux même pas y penser, dit Ellie en soupirant, l'air un peu triste. Je n'ai jamais passé toute une fin de semaine loin de ma mère. Elle va vraiment me manquer.

— Bien sûr qu'elle va te manquer, dit Jamila en mettant un bras autour de son amie. Mais tu vas aussi avoir une super fin de semaine avec nous ! Te souviens-tu à quel point tu as aimé la soirée pyjama brownie ?

— Oui! approuva Charlie. Nous n'aurons pas le temps de penser à la maison.

— Tu seras trop occupée à prendre des cours de jonglerie avec moi! annonça Katie qui avait terminé sa deuxième balle lestée et qui montrait ses habiletés.

— Oups...

Sa balle lestée chuta au sol. Les autres rirent.

— On dirait que tu as besoin d'un peu plus de pratique ! dit Ellie.

Katie rigola et haussa les épaules, puis elle s'assit avec les autres filles.

— Hé, j'ai parlé à Chloe à l'école, dit Jamila. Elle apportera sa guitare au camp pour pouvoir jouer pendant que nous chanterons des chansons autour du feu de camp.

— Cool ! affirma Grace. Crois-tu que tu auras bientôt des nouvelles de ton examen de piano, Jamila ?

— Oh, j'avais presque oublié ! s'exclama Jamila. Quand je suis rentrée à la maison après l'école cet après-midi, maman m'a dit que j'avais réussi !

Katie afficha un large sourire.

— Ce sont des nouvelles fantastiques !

— Bravo ! approuvèrent les autres amies de Jamila.

— N'est-ce pas super ? dit Charlie. Non seulement nous serons à la moitié du trimestre la semaine prochaine, mais en plus nous partons en camp brownie demain. Et maintenant il y a aussi Jamila qui a passé son examen de piano !

— Ouiii ! dirent les filles en applaudissant.

Brownies

Chapitre 4

Dès que la cloche de l'école primaire de Badenbridge sonna vendredi après-midi, toutes les filles qui étaient des Brownies se précipitèrent à la maison. Et elles avaient une bonne raison de se dépêcher — elles allaient chercher leurs affaires pour le camp!

À 17 h, toutes les Brownies étaient rassemblées à l'extérieur de l'école, habillées dans leurs tenues brownie, prêtes pour le camp.

Tout le monde était occupé : les filles aidaient les adultes à charger leurs sacs dans le compartiment à bagages de l'autobus, tandis que Vicky cochait les noms de toutes sur sa liste et que Sam et Alex s'assuraient que toutes les filles avaient leurs affaires avec elles.

— Merci maman de nous avoir emmenées! dit Katie en la serrant dans ses bras. Nous nous reverrons dimanche — au revoir!

Katie sauta dans l'autobus. Elle voulait absolument réserver le siège arrière. C'était la seule façon pour les cinq meilleures amies de pouvoir s'asseoir ensemble pour le trajet!

— Amusez-vous bien, dit sa mère en serrant Grace dans ses bras. Soyez sages et gardez votre tente bien rangée.

— Nous le ferons! dit Grace en rigolant…

Mais ensuite l'expression de son visage changea lorsqu'elle vit Ellie qui serrait sa mère, des larmes ruisselant le long de ses joues.

— Ce n'est que pour deux nuits, lui dit sa mère. Tu auras Câlinours à serrer contre toi et tu auras énormément de plaisir.

— Je ne pense pas vouloir y aller! dit Ellie en soupirant et en essuyant ses larmes. Je veux dire, je veux y aller — mais je veux que tu viennes avec nous!

— Oh, ma chérie, dit sa mère en voulant l'apaiser. Je ne peux pas — il n'y a pas de place dans l'autobus pour que je vienne aussi.

Grace et Jamila se précipitèrent.

— Allez, Ellie, dit Grace. Nous allons avoir tellement de plaisir — si tu ne viens pas avec nous, ce ne sera pas amusant du tout!

— Nous avons besoin de toi, approuva Jamila. Comment allons-nous réussir à faire toutes les choses à fabriquer à la main sans toi?

Ellie s'essuya le nez avec un mouchoir.

Juste à ce moment, Charlie et Boo arrivèrent. Leurs sacs étaient déjà dans l'autobus et elles s'apprêtaient à y monter aussi.

— Prête pour notre aventure en camping? demanda Charlie. Écoute — Katie a réservé les meilleurs sièges! Nous devrions nous dépêcher, sinon quelqu'un d'autre pourrait s'en emparer. Tu viens, Ellie?

Ellie regarda ses amies, puis sa mère. Elle allait vraiment lui manquer… mais elle ne voulait pas que ses amies lui manquent, ni rater toutes les aventures non plus.

— Oui! déclara-t-elle en serrant une dernière fois sa mère dans ses bras.

— Alors viens, dit Grace. Allons-y!

Peu de temps après, tout le monde était assis dans l'autobus, prêt à partir.

— Je vais juste faire un recomptage rapide, annonça Vicky. À l'aide de son porte-papiers dans sa main, elle passa au centre de l'autobus, comptant les Brownies.

— OK, dit-elle en affichant un large sourire. Toutes là ! Bien, avez-vous bouclé vos ceintures de sécurité ? Les adultes sont-ils prêts ?

— Oui ! crièrent-elles toutes.

— Eh bien, dans ce cas, allons-y !

Et l'autobus des Brownies de la première unité de Badenbridge partit pour le camp !

Les Brownies étaient dans un esprit de vacances, chantant des chansons et jouant au jeu de *J'espionne* tandis que l'autobus se dirigeait hors de la ville. Lorsqu'elles n'eurent plus rien à espionner, Sam

proposa de regarder un film qu'elle avait apporté avec elle. Bien vite l'autobus devint silencieux tandis que les Brownies regardaient le film, transportées.

Le reste du voyage passa en un clin d'œil.

Puis Molly cria :

— Hé, regardez ! Nous y sommes — voilà Waddow Hall !

L'autobus bourdonna d'excitation alors que les Brownies regardaient à l'extérieur l'endroit qui

serait leur lieu de campement pour la fin de semaine — un immense vieux manoir surplombant une rivière et entouré d'une campagne magnifique à perte de vue.

Après avoir attrapé leurs sacs, les Brownies suivirent les adultes jusqu'au champ où elles allaient camper. D'autres unités brownies et guides étaient installées dans des tentes dans les champs environnants.

— Nos tentes sont déjà là ! s'exclama Katie.

— Ah, super, dit Grace. J'étais inquiète que nous soyons obligées de les monter nous-mêmes !

— Je me demande dans laquelle nous allons dormir ? dit Ellie.

Mais avant qu'aucune de ses amies n'ait eu le temps de répondre, elles remarquèrent que les chefs avaient la main droite levée. Les Brownies

posèrent leurs sacs et firent de même tout en cessant de parler.

— Merci, les filles, dit Vicky. Bienvenue au camp de la première unité des Brownies de Badenbridge de cette année!

— N'est-ce pas excitant d'être enfin ici! Maintenant, nous devons vous dire où vous dormirez, dit Sam en vérifiant son porte-papiers.

— Pouvons-nous avoir cette tente, s'il vous plaît? demanda Katie en pointant vers une tente à côté d'un grand chêne.

— J'ai bien peur que ce soit la tente des chefs, répondit Sam. Daisy va installer pour nous les panneaux des sizaines sur les autres tentes. Lorsqu'elle aura terminé, trouvez votre tente de sizaine et installez vos sacs de couchage, s'il vous plaît.

— Mais je croyais que nous serions toutes ensemble! s'exclama Charlie en regardant ses amies.

— Moi aussi! gémit Ellie.

— Laisse tomber, dit Jamila en la serrant dans ses bras. Nous serons tellement fatiguées lorsque nous irons au lit que nous n'aurons pas le temps de nous ennuyer les unes des autres. Allez — installons nos affaires.

Les filles disparurent dans leurs tentes. Elles sortirent de leurs sacs leurs affaires pour la nuit et déroulèrent leurs sacs de couchage sur les lits de camp qui étaient déjà montés à l'intérieur. On avait attribué à Daisy et à chacun des adultes une tente de sizaine afin d'y être chef de camp. Daisy était responsable des Renards, Aruna, des Écureuils, Vicky s'occupait des Lapins, Alex surveillait les Hérissons et Sam, les Blaireaux.

Chaque chef de camp expliqua à sa sizaine qu'il était important de garder leur tente bien rangée. Il était également essentiel de s'assurer que leurs affaires ne touchent jamais les côtés car, s'il pleuvait, tout ce qui touchait les murs de la

tente pourrait être mouillé. Aussi, il y aurait une compétition pour la tente la mieux rangée et les chefs allaient procéder à leurs inspections sans préavis !

À l'intérieur de la tente des Hérissons, Ellie fouillait frénétiquement dans son sac.

— Que se passe-t-il ? demanda Poppy. As-tu perdu quelque chose ?

— Oui ! gémit-elle. Câlinours ! J'ai dû l'oublier dans la voiture de maman.

— Hé, ne t'en fais pas, dit Lauren, sa sizenière. Tiens — pourquoi ne prendrais-tu pas Pic-pic pour dormir ?

Pic-pic était le jouet en peluche utilisé comme la mascotte des Hérissons.

— Je sais que ce n'est pas pareil, mais il peut quand même se blottir contre toi.

— Merci, dit Ellie qui se sentit mieux.

Se retrouver avec d'autres Brownies signifiait que tout problème était vite résolu.

Après avoir organisé leurs tentes, on demanda aux Brownies de donner leurs sacs contenant leurs vêtements d'urgence aux chefs. Ensuite, elles se rassemblèrent toutes dehors.

— Quand allons-nous commencer à apprendre nos habiletés de cirque ? demanda Chloe avec impatience.

— Pas ce soir, répondit Sam. Après ce long voyage, nous nous sentons probablement toutes un peu fatiguées, n'est-ce pas ?

— Oui, dit Pip. Mais je suis tellement excitée d'être ici !

Les autres Brownies approuvèrent.

— Nous aurons un pow-wow spécial dans un petit moment, annonça Vicky. Cela nous donnera l'occasion de vous expliquer tout ce qui se passera pendant le camp.

— Mais d'abord, nous avons un travail important à faire, révéla Sam, et c'est de faire un feu de camp.

— Cool ! dirent les Brownies.

— Alors, chaque sizaine doit aller avec son chef de camp pour rassembler du bois pour le feu sous les arbres autour du champ, expliqua Vicky.

— Voyons combien nous pouvons en ramasser en 10 minutes ! Prêtes ? En place ? Partez !

Brownies

Chapitre 5

Les Brownies furent stupéfaites de voir avec quelle rapidité elles amassèrent suffisamment de bois à brûler.

— Les chefs sont des expertes dans ce domaine de camping, dit Grace, tandis qu'elles se tenaient à distance pour regarder Sam allumer le petit bois. Rapidement les flammes se mirent à lécher et à faire crépiter les brindilles qu'elles avaient toutes contribué à rassembler.

— Bien, dit Alex tandis que le feu prit. Assurez-vous de toutes garder une bonne distance, d'accord?

Les Brownies approuvèrent de la tête.

— C'est une de nos règles de camping, dit Vicky. Ceci me paraît un moment propice pour notre pow-wow afin que nous vous rappelions toutes les autres règles. Nous avons des tapis de sol confortables pour chacune — Daisy va les distribuer.

Rapidement, les filles aidèrent à étendre les tapis de sol autour du feu de camp avant de s'installer dans un cercle brownie. Elles sourirent en

voyant Aruna et les autres chefs se joindre à elles sur le sol au lieu de s'asseoir sur des chaises comme elles le faisaient dans la salle.

Les Brownies de la première unité de Badenbridge commencèrent leur pow-wow par une chanson. Ensuite, Sam expliqua que, pendant qu'elles étaient au camp, il était important que toutes, Brownies et chefs, suivent les règles du camp.

— Bien entendu, dit-elle, on ne court pas près du feu et on ne s'en approche pas trop. Même lorsqu'il sera éteint au matin, le sol et les cendres peuvent encore être très chauds!

— Nous avons discuté d'autres règles de camp avant de venir, fit remarquer Vicky. Qui s'en souvient?

Une mer de mains se leva précipitamment.

— Travail en groupe, dit Katie.

— Oui, toujours s'assurer de donner un coup de main dans tout, ajouta Poppy.

— Et garder nos tentes et le terrain du camp rangés, dit Ellie.

— Ohhh! s'exclama une Izzy impatiente qui agitait sa main dans les airs. Participer à la préparation des repas et nettoyer après.

— De plus, nous devons aider au ramassage du bois — et aussi aller chercher de l'eau! ajouta Charlie.

— Et nous ne devrions jamais nous éloigner seules de notre campement, signala Boo. Si nous avons besoin d'aller quelque part, nous devons demander la permission à une des chefs.

— Bravo, les Brownies, dit Sam en affichant un grand sourire. Je peux voir que vous êtes bien préparées — vous allez avoir un camp super.

Les Brownies sourirent.

— Maintenant, celles qui feront leur insigne brownie « Campeuse » cette fin de semaine, levez la main, demanda Vicky.

Un grand nombre de Brownies, dont Ellie, Katie, Jamila, Charlie et Grace, levèrent la main.

— Les filles qui font leur insigne « Campeuse avancée », souvenez-vous qui a la main levée, dit Vicky. Vous savez déjà qu'une partie du travail pour l'obtention de votre insigne est d'aider les filles qui n'ont jamais campé. Expliquez comment faire les choses afin que nous restions toutes en sécurité et sèches, et amusez-vous bien !

Les Brownies plus âgées, dont Boo, se redressèrent, se sentant importantes.

— Maintenant, dit Sam, vous savez toutes que vous allez tenir un journal de bord pendant que vous êtes au camp. Aruna va les distribuer maintenant. Assurez-vous d'inscrire votre nom sur la couverture.

— Vous pouvez écrire sur ce que vous voulez — vos activités préférées, ce que vous avez appris ou peut-être ce qui vous a fait rire —, expliqua Vicky tandis qu'Aruna distribuait les cahiers. Mais n'oubliez pas d'y écrire quelque chose à tous les jours!

— Nous commencerons à apprendre nos habiletés de cirque demain, annonça Vicky. Mais il est maintenant l'heure de dîner! Aruna a dressé un tableau des tâches et chaque sizaine sera responsable d'assumer une partie des tâches cette fin de semaine. Venez et demandez-lui où vous

pourriez aider dès maintenant et mettons-nous à la préparation du dîner !

Grâce à l'aide de toutes, le repas fut vite prêt. Il y avait des saucisses, des hamburgers végétariens et des haricots cuits. Les Brownies mangèrent avec appétit, assises autour du feu de camp.

— C'était délicieux ! s'exclama Jamila après avoir avalé sa dernière bouchée de haricots.

— Le meilleur repas que j'aie jamais mangé, dit Grace.

— Je n'aurais jamais pensé que la nourriture de camp serait aussi bonne, dit Ellie en se léchant les lèvres.

— Venez, dit Charlie. Nous devons aider au nettoyage !

— Ah oui, approuva Katie. Vite !

D'habitude, les filles ne pensaient pas que des tâches telles que le nettoyage soient bien amusantes. Mais au camp, les choses étaient différentes! Les Brownies et leurs chefs travaillèrent en équipe, partageant les travaux entre elles. En peu de temps, le campement fut de nouveau bien rangé.

— Oh! s'exclama Charlie. Je viens juste d'avoir une idée! Je reviens dans une seconde. Elle courut vers les tentes tandis que ses amies s'installèrent sur les tapis de sol autour du feu.

Charlie réapparut quelques instants plus tard.

— Hé, tout le monde — dites souris!

Elle tint son appareil dans les airs et prit une photo de ses amies.

— Hé, dit Aruna, et si je prenais une photo de groupe?

— Oh oui, s'il te plaît! dit Charlie.

Les cinq meilleures amies se blottirent les unes contre les autres.

— Souris ! dirent-elles en souriant tandis que le flash de l'appareil s'alluma.

Alors que les filles remercièrent Aruna, Alex s'assit à côté d'elles.

— Est-ce que vous vous amusez bien ? demanda-t-elle.

— Oui ! répondirent-elles.

— Hé, Alex, emmènes-tu des Guides en camp? demanda Katie.

— Absolument, répondit Alex. Parfois nous partons pendant toute une semaine.

— Quelles autres choses font les Guides? se demanda Charlie.

Alex leur parla des projets qu'avaient faits les Guides, leurs insignes spéciaux, leurs excursions et leur artisanat.

— La plupart des filles commencent chez les Guides à l'âge de 10 ans, expliqua-t-elle, lors-qu'elles quittent les Brownies. Peut-être que vous le ferez aussi.

Les Brownies acquiescèrent de la tête. Juste à ce moment, Chloe s'assit avec sa guitare et les chefs proposèrent de chanter des chansons de camp. Tout le monde participa et prit du bon temps.

Les Brownies chantèrent toutes leurs chansons préférées, mais après un certain temps, elles se mirent à bâiller.

Sam sourit.

— Je crois qu'il est temps d'aller au lit.

Et pour une fois, aucune des Brownies ne désapprouva.

— Bien, les filles, dit Vicky. Rangeons nos tapis de sol puis dirigez-vous vers le bloc sanitaire.

Les Brownies prirent leurs trousses de toilette et bien vite elles étaient en train de se brosser les dents et de faire la queue pour les toilettes. Il y avait déjà d'autres Brownies dans le bloc sanitaire lorsqu'elles arrivèrent. Elles rigolaient et s'amusaient avec leurs amies, exactement comme le faisaient les Brownies de la première unité de Badenbridge.

— Hé, je reconnais ces filles, chuchota Grace à Katie.

Une des filles s'approcha en souriant.

— Bonsoir! dit-elle. Campez-vous de l'autre côté de notre champ?

— Oui, répondit Katie. Celui-là là-bas.

Elle pointa vers leur camp.

— Cool! dit la fille. En passant, je m'appelle Gemma. Nous sommes les Brownies de la quatrième unité de Agnestown. Nous sommes arrivées aujourd'hui pour une fin de semaine de canoë et de sports nautiques. Et vous?

Les cinq amies s'empressèrent de se présenter ainsi que leur unité, et discutèrent avec Gemma et ses amies de leur camp de cirque.

— Cela semble formidable! Bien, nous ferions mieux de retourner à nos tentes, maintenant, dit Gemma. On se reverra sûrement. Bonne nuit!

— Bonne nuit ! répondirent les filles.

Une fois leurs dents brossées, les Brownies retournèrent au campement en suivant Daisy et Aruna.

— Je sais que nous venons juste d'arriver, dit Charlie, mais déjà j'adore ça !

— C'est super, n'est-ce pas ? approuva Katie.

— T'amuses-tu, Ellie ? demanda Jamila.

— Eh bien… j'aurais aimé avoir Câlinours avec moi, dit Ellie en soupirant, avec sa lèvre inférieure qui tremblait.

— Je sais. Mais au moins tu as Pic-pic contre qui te blottir, dit Grace alors qu'elles arrivaient à leurs tentes.

Ellie fit un signe de tête affirmatif.

— Allez, les filles, au lit, appela Vicky.

Bien installées dans leurs sacs de couchage confortables, la plupart des Brownies s'endormirent rapidement. Mais, dans la tente des

Hérissons, Ellie était allongée dans l'obscurité, les yeux grands ouverts. Elle pensait à sa mère et à Câlinours.

— Es-tu toujours réveillée, Ellie? chuchota Lauren, sa sizenière.

— Ouais, soupira Ellie.

Dans la noirceur, les deux discutèrent doucement de leur journée. Ellie était heureuse que quelqu'un d'autre soit aussi réveillé, mais après avoir parlé pendant un petit moment, elle se mit à bâiller.

— Es-tu toujours réveillée ? chuchota Lauren.

Il n'y eut pas de réponse — Ellie s'était endormie. Contente, Lauren ferma ses yeux et s'endormit aussi.

Brownies

Chapitre 6

Le lendemain matin, les Brownies se réveillèrent par une journée claire et ensoleillée. Toutes les filles donnèrent un coup de main à la préparation du délicieux gruau et des œufs brouillés pour le petit déjeuner. Après avoir nettoyé, les cinq meilleures amies agitèrent la main vers leur nouvelle amie Gemma qui se trouvait de l'autre côté du champ.

— Bien, les filles ! Prenez les tapis de sol, dit Sam. Il est l'heure d'un pow-wow.

Une fois que toutes furent installées, Vicky expliqua qu'elles allaient visiter la propriété de Waddow Hall.

— Mais avant de partir, dit Sam en demandant le silence aux filles excitées, Molly, Boo et Izzy vont nous rappeler le code de conduite à la campagne. Nous en avons déjà parlé aux Brownies auparavant, mais nous avons toutes besoin d'y penser pendant que nous marcherons.

Les trois filles plus âgées se levèrent.

— Nous devons demeurer en sécurité en planifiant à l'avance et en suivant les panneaux, dit Boo.

— Laisse les clôtures et la propriété telles que tu les as trouvées et respecte les autres personnes, ajouta Molly.

— Protège les plantes et les animaux, avertit Izzy. Et mets tes déchets dans la poubelle ou ramène-les avec toi à la maison.

— Merci, les filles, dit Vicky avec un grand sourire. Il y a une autre chose dans le code de conduite à la campagne qui est de garder les chiens en laisse, mais je ne crois pas que nous ayons emmené des chiots avec nous !

Les Brownies rirent.

— Nous allons nous regrouper avec nos sizaines pour aller explorer, dit Sam. Trouvez votre sizenière et ensuite nous nous retrouverons toutes ici un peu plus tard.

— Je n'arrive pas à croire tout ce qu'il y a à faire ici! dit Charlie à ses amies lorsqu'elles revinrent au campement. Regardez toutes les photos que j'ai prises.

— La maison est immense! s'exclama Jamila.

— Je sais, dit Ellie. J'ai acheté des cartes postales à la boutique pour montrer à ma mère.

— Moi aussi, déclara Charlie. Je vais en envoyer une à grand-maman.

— Je ne savais pas du tout qu'il y avait quatre autres campements aussi, dit Grace.

— Hé, dit Katie, que font Vicky et Sam?

Les filles tournèrent la tête pour voir les chefs se diriger vers les tentes des sizaines.

— C'est une inspection des tentes, dit Daisy qui était assise avec elles. Elles feront cela souvent pendant cette fin de semaine!

— J'espère que notre tente est suffisamment bien rangée, dit Ellie.

Les filles continuèrent de bavarder à propos de tout ce qu'elles avaient vu pendant leur visite. Elles avaient remarqué les filles d'Agnestown faisant du canoë et d'autres Brownies qui se baignaient dans l'étang et faisaient du vélo.

— J'aimerais pouvoir rester ici pour toujours et tout faire! dit Katie en soupirant.

— Il y aura beaucoup d'autres camps auxquels participer, dit Daisy. Et en grandissant, tu auras aussi l'occasion de faire des choses telles que du canoë.

Juste à ce moment, Vicky et Sam sortirent de la dernière tente et levèrent la main droite. Les Brownies attendirent avec espérance.

— Je sais que ce n'était que votre première inspection de tentes, dit Vicky, mais quelques-unes étaient un peu en désordre.

— Il est vraiment important que vos sacs de couchage, oreillers et autres, ainsi que vos vêtements ne soient pas au sol, les filles, les avertit Sam. Si vous ne faites pas attention, ils pourraient se mouiller et devenir boueux!

— De toute façon, poursuivit Vicky, ce matin la meilleure tente est celle des... Renards! Elles vont donc garder notre mascotte brownie, Beryl, jusqu'à la prochaine inspection.

— Ouiii! crièrent les Renards, tandis que leur sizenière Emma reçut leur prix.

Beryl était une poupée de chiffon habillée en Brownie. Elle avait même un minuscule insigne en forme de trèfle sur son haut!

— Je me demande quelle sizaine la gagnera la prochaine fois? dit Vicky. Bien, il est temps de préparer vos sacs d'excursion brownie — et

n'oubliez pas votre journal de bord. Nous allons faire une promenade pour ramasser des trésors.

Les Brownies avaient appris quoi mettre dans leur sac d'excursion lorsqu'elles avaient fait leur insigne «Par monts et par vaux».

— Que veut-elle dire par *trésors*? voulut savoir Jamila.

— Allons le découvrir! répondit Grace en se précipitant vers sa tente.

Les chefs séparèrent les Brownies en deux groupes. Un était mené par Sam, Aruna et Daisy. Les autres filles iraient avec Vicky et Alex. Avant de partir, Vicky expliqua qu'elles devraient ramasser des brindilles, des feuilles et autres trésors de la nature de forme intéressante tout en explorant la campagne.

— Vous devez fabriquer un souvenir de votre voyage comme faisant partie de votre insigne « Campeuse », ajouta Daisy. Alors, nous avons pensé que vous pourriez faire un collage ou un modèle avec des éléments ramassés au sol.

— Super ! dit Ellie, pour qui ce projet était exactement le genre de chose qu'elle adorait faire.

Alors, après avoir vérifié que tout le monde s'était souvenu de mettre dans son sac un imperméable, une bouteille d'eau et son journal, les deux groupes partirent dans des directions différentes. Chaque groupe avait une carte, et les Brownies devaient s'assurer de suivre le bon chemin.

Il s'avéra que le groupe de Jamila et de Grace était bon pour trouver de magnifiques feuilles et d'intéressantes brindilles, mais pas très bon pour lire la carte et, à un moment donné, elles empruntèrent le mauvais chemin et se retrouvèrent complètement au mauvais endroit.

— Nous devrions avoir atteint un point d'ob-
servation, maintenant, fit remarquer Boo qui se
trouvait dans leur groupe.

— Oh! dit Molly, sa sizenière, en soupirant.
Voyons encore cette carte… Je l'ai! Il y avait une
fourche sur le chemin là en arrière s'exclama-
t-elle en pointant un doigt sur la carte. Nous
aurions dû suivre l'autre partie de ce chemin.
Allons-y! Retournons sur nos pas.

Et c'est exactement ce qu'elles firent. Bien
vite, elles se retrouvèrent debout au sommet

d'une colline, regardant la vue la plus spectaculaire donnant sur toute la propriété de Waddow Hall.

— Wow ! C'est extraordinaire, dit Jamila et toutes approuvèrent. Je peux voir les Brownies d'Agnestown sur la rivière — regardez !

— Ah oui ! dirent les autres.

— Hé, regardez ! les pressa Grace. Ce ne sont pas les autres, là-bas ?

Elle pointa vers un autre groupe de Brownies au loin qui semblait les avoir remarquées exactement au même moment. Les deux groupes de Brownies s'envoyèrent la main avec enthousiasme.

Dans le groupe de l'autre côté de la vallée, Katie se demanda :

— Pensez-vous que cela veut dire qu'elles sont aussi à mi-chemin ? Nous devrions nous dépêcher et revenir au campement avant elles !

— Mais ce n'est pas une course, fit remarquer Charlie. Et je dois encore trouver beaucoup d'autres feuilles. Je n'en ai pas suffisamment.

— Allons, les filles, dit Vicky qui menait leur groupe. Suivons notre carte pour revenir au campement. Nous pouvons encore ramasser des choses en avançant. C'est boueux plus haut ; alors, faites attention où vous posez le pied !

Elles marchèrent avec précaution en ramassant des choses en chemin.

Ellie ramassa une feuille délicate.

— Je suis impatiente de commencer mon modèle — ah !

Ellie était si occupée à penser à son modèle qu'elle n'avait pas regardé où elle marchait. Vicky avait dit que c'était boueux, mais aucune d'entre elles ne s'attendait à ce que ce soit aussi marécageux.

— Dégoûtant ! dit Poppy qui essayait de marcher sur la pointe des pieds dans la boue.

Katie tint la main de Pip en marchant à travers une immense flaque. Charlie et Ellie les suivaient dans la boue lorsqu'Ellie décida que, si elle contournait l'extrémité éloignée d'un des arbres, ce serait moins glissant. Ce fut une grosse erreur…

— Oh non ! gémit-elle.

— Viens ! la pressa Katie. Suis-nous.

— Je ne peux pas ! répondit Ellie. Mon pied est coincé.

Vicky et Alex vinrent l'aider.

— Oh mon Dieu ! s'exclama Alex. Nous ferions mieux de te sortir de là. Tiens, prends ma main.

Elle tira et Ellie fut libérée de la boue — sa chaussure en moins !

Avec une jambe en l'air, Ellie se pencha pour la prendre.

— Oups !

Ellie chancela — et puis tomba dans la flaque sale et boueuse. Elle éclata en sanglots.

Alex et Vicky relevèrent Ellie rapidement et la sortirent de la boue. Katie, Charlie et les autres filles se précipitèrent pour donner un coup de main.

— Oh, Ellie, est-ce que ça va ? demanda Charlie.

Ellie essuya les larmes et la boue sur son visage.

— Je veux rentrer à la maison ! gémit-elle.

Chapitre 7

Jamila, Grace et toutes les autres Brownies furent surprises quand le deuxième groupe revint finalement au campement.

— Oh non! s'exclama Jamila lorsqu'elle vit l'état dans lequel se trouvait Ellie.

— Que s'est-il passé? demanda Grace en se précipitant.

Katie expliqua.

— Je viens avec toi au bloc sanitaire, dit Jamila en suivant Vicky tandis qu'elle emmenait Ellie qui était trempée de boue.

— Peux-tu prendre avec toi ses vêtements d'urgence, s'il te plaît? demanda Sam en les lui tendant.

— Alors, c'est pour ça que nous devions en apporter, dit Grace en regardant Ellie s'en aller.

Charlie soupira.

— Ellie dit qu'elle veut rentrer à la maison. Nous savons que sa mère lui manque et maintenant elle est toute mouillée et dégoûtante. Elle a dit qu'elle en avait assez du camping.

— Eh bien, nous devons faire de notre mieux pour qu'elle reste, déclara Katie. Le camp ne sera plus pareil sans elle !

Les Brownies s'occupèrent à préparer des sandwichs pour le déjeuner en attendant qu'Ellie et Jamila ne reviennent.

— Hé, regardez ce qu'il y a là-bas ! dit Caitlin en pointant vers la tente des chefs.

— Des yoyos et des diabolos ! dit Bethany.

— Et des échasses avec des pots à fleurs aussi, ajouta Pip. J'en ai utilisé une fois à une fête.

— Ce doit être notre matériel pour les habiletés de cirque ! dit Katie.

La nouvelle se répandit parmi les Brownies — elles étaient impatientes de commencer à apprendre comment les utiliser.

Ce fut donc un bonheur après de voir réapparaître au campement une Ellie bien sèche et propre, accompagnée de Jamila.

— Tu vas bien ? demanda Charlie.

— Ouais, merci.

Ellie sourit faiblement.

— C'est une bonne chose que tu sois revenue — nous avons besoin que tu nous aides à apprendre comment utiliser les échasses avec des pots à fleurs, dit Katie.

— Mais je ne suis pas certaine de vouloir rester, dit Ellie en soupirant. Je veux juste appeler ma mère pour qu'elle vienne me chercher.

— Mais nous avons besoin de toi ! dit Charlie.

— Oui ! Tu dois rester !

Katie, Grace et Jamila avaient toutes parlé en même temps. Puis, les cinq filles se mirent à rigoler.

— Dis s'il te plaît que tu vas rester ? supplia Jamila.

Ellie regarda ses meilleures amies, puis sourit lentement.

— D'accord, dans ce cas. À condition que je ne sois pas mouillée à nouveau !

Juste à ce moment, les chefs brownie levèrent la main droite et toutes cessèrent ce qu'elles étaient en train de faire.

— Avant notre pique-nique, nous avons du temps pour apprendre comment être des artistes de cirque ! dit Sam.

— Ouiii ! crièrent les Brownies.

Vicky expliqua :

— Alex, Sam, Daisy, Aruna et moi allons nous occuper chacune d'une activité. Si vous avez envie d'apprendre à jongler, allez chercher les balles lestées que vous avez faites dans vos tentes, puis allez voir Aruna. Les habiletés pour le diabolo et le bâton du diable seront enseignées par Alex. Si les échasses sont votre préférence, alors allez voir Sam. Daisy est notre experte des cerceaux. Mais si vous voulez apprendre des tours de magie avec des foulards, c'est avec moi!

— Mais je veux tout faire! s'exclama Katie, ce qui fit rire tout le monde.

— Eh bien, nous devrions nous mettre à l'œuvre, alors! dit Vicky en souriant.

Quelques minutes plus tard, le camp bourdonnait d'activité. Katie, qui avait perfectionné ses habiletés à jongler à la maison, était enthousiaste de les partager avec les autres. C'est sans surprise que Grace s'avéra très bonne à sortir magiquement des foulards de ses manches, puis à danser élégamment avec eux.

Ellie avait découvert que les diabolos étaient des objets caoutchouteux, un peu comme deux tasses coincées à la base. Il fallait balancer le diabolo dans son centre sur une sorte de corde spéciale, puis

le faire tournoyer dans les airs avant de le rattraper sur la corde. C'était difficile, mais elle commençait à avoir la main.

Charlie s'amusait beaucoup à apprendre comment marcher sur des échasses en utilisant des pots à fleurs à l'envers aux couleurs vives. Au début, elle s'y prit lentement, mais rapidement elle réussit à aller plus vite et essaya même de sautiller sur un pot à fleurs avec un seul pied!

Pendant ce temps, Jamila avait décidé d'utiliser ses habiletés musicales pour faire du cerceau. Rapidement elle estima que, si on suivait un rythme, il était possible de faire en sorte que le grand cerceau continue de tourner autour de la taille pendant un assez long moment sans qu'il ne tombe. Mais elle n'était pas certaine de devenir un jour aussi bonne que Chloe et Sukia. Elles étaient aussi capables de faire tourner des cerceaux autour de leurs bras et de leurs jambes!

Les Brownies bavardèrent et rirent, tout en s'exerçant. Elles se concentraient si fort sur ce qu'elles faisaient qu'au début elles ne remarquèrent pas les grosses gouttes de pluie qui tombaient sur elles.

— Vite! dit Sam. Dans les tentes!

Quinze minutes plus tard, la pluie tomba encore plus fort. Les Brownies en profitèrent pour écrire leur journal de camp, mais une fois qu'elles eurent terminé, elles s'ennuyèrent — et avaient faim aussi!

— C'est une bonne chose que nous ayons déjà préparé notre pique-nique! déclara Aruna

alors qu'elle et Daisy couraient d'une tente à l'autre pour distribuer le déjeuner.

Lorsqu'elles eurent avalé leurs délicieux sandwichs, les Brownies se demandèrent ce qui allait se passer ensuite, car il pleuvait toujours !

— Allez, dirent les chefs de camp à chaque sizenière. Enfilez vos manteaux — nous allons à la salle !

— Et notre matériel de cirque ? demanda Molly.

— Ne t'en fais pas, répondit Vicky. Nous allons tout apporter avec nous et poursuivrons au sec !

Chapitre 8

Les Brownies sortirent de la pluie et coururent à l'intérieur de Waddow Hall.

— Ouf ! dit Jamila en s'asseyant dans la grande pièce où Alex les avait menées.

— J'ai cru que j'allais être de nouveau trempée jusqu'aux os ! dit Ellie.

Grace frissonna.

— Je comprends ce que tu veux dire.

— N'est-ce pas une chance que nous ayons de toute façon réservé cette pièce pour l'après-midi, dit Sam. Nous devions savoir qu'il allait pleuvoir !

— Allons-nous encore pratiquer nos habiletés de cirque ? demanda Lauren.

— Oui, répondit Katie aux chefs. J'ai vu que vous avez apporté avec vous l'ensemble pour le cirque.

— Dans un petit moment, répondit Vicky. Mais nous avons pensé que vous aimeriez faire d'abord vos collages et vos modèles. C'est pourquoi nous avons réservé cette pièce — afin que vous puissiez travailler aux tables.

— Ouais! s'écria Ellie.

Alors, les Brownies installèrent des tables et des chaises exactement comme elles le faisaient dans la salle à Badenbridge. Puis Daisy distribua du papier, de la colle et des crayons de couleur. Bien vite, les filles se mirent à créer de l'art.

Ellie avait décidé de fabriquer un arbre à partir de ses brindilles. Elle les attacha avec de la ficelle afin que l'arbre puisse se tenir debout tout seul, puis elle accrocha aux branches un

magnifique éventail de feuilles. Elle travailla avec bonheur, contente d'avoir décidé de rester au camp.

Les autres Brownies créèrent des collages et des modèles magnifiques.

— Beau travail, les filles, dit Sam lorsqu'elles eurent terminé.

— Oui, approuva Vicky. Nous ferions mieux de les ranger en lieu sûr parce que maintenant nous allons revenir à nos habiletés de cirque !

— Mais d'abord, j'ai des nouvelles à vous transmettre sur ce que nous ferons ce soir, déclara Sam.

Il y eut un murmure d'excitation dans la salle.

— Nous nous sommes dit que vous devriez nous présenter un spectacle de cirque ce soir avant le dîner, dit Vicky en souriant.

— Ouiii ! crièrent les Brownies.

— Nous pourrions imaginer que notre campement est en fait un chapiteau de cirque, expliqua Alex. À condition qu'il cesse de pleuvoir, bien sûr...

— Nous avons pensé qu'il vous ferait plaisir de décorer notre campement afin qu'il ressemble à un cirque, avec des affiches et des décorations aux couleurs vives, ajouta Sam.

Les Brownies excitées approuvèrent.

— Nous pouvons passer le reste de l'après-midi à mettre sur pied des numéros, proposa Vicky. Daisy a même apporté de la musique de cirque que nous pouvons faire jouer comme musique d'ambiance.

— Et parce que vous êtes toutes de vraies étoiles montantes, nous avons pensé que votre spectacle serait gaspillé si vous n'aviez qu'un petit public, dit Sam. Alors, nous avons invité nos camarades campeuses installées de l'autre côté du champ à venir et apprécier le spectacle elles aussi !

— Les Brownies d'Agnestown ? demanda Katie. Oh, elles sont vraiment gentilles !

— Les cirques n'ont-ils pas un Monsieur Loyal, Vicky? se demanda Aruna.

— Absolument, répondit Vicky. C'est pourquoi j'ai apporté avec moi un chapeau haut-de-forme et un manteau pour que notre Monsieur Loyal les porte!

— Ce sera qui? voulut savoir Jamila.

— Boo serait fantastique! dit Molly. Vous souvenez-vous comme elle était bien lors de notre dernier spectacle brownie? Elle était vraiment drôle!

— Celles qui pensent que Boo devrait être notre Monsieur Loyal, levez la main, demanda Sam.

Toutes les Brownies dans la pièce levèrent la main.

— On dirait que ce sera Boo, alors! annonça Vicky. Applaudissons-la!

Boo rougit pendant que tout le monde l'applaudit.

Ellie adressa un large sourire à ses amies. Elle avait tant de plaisir qu'elle avait complètement oublié l'incident de la boue survenu plus tôt.

— Espérons qu'il cessera bientôt de pleuvoir! dit Jamila. On ne peut pas avoir un cirque au camp s'il continue à tomber des cordes…

Alors que dehors la pluie continuait de se déverser, les Brownies pratiquèrent leurs habiletés de cirque dans la salle sèche et chaude.

Les Renards allaient jongler, tandis que les Écureuils allaient marcher sur des échasses. Les Lapins avaient choisi de faire un genre de tours de passe-passe, et les Hérissons allaient présenter un numéro avec des diabolos. Enfin, les Blaireaux répétaient une chorégraphie sur musique avec un jeu de cerceaux.

Chez les Renards, Katie se sentait tellement confiante en jonglant qu'elle essaya même avec un grand cerceau en même temps. Elle chancela tellement qu'elle fut prise d'un fou-rire et finit par laisser tomber ses balles lestées ainsi que le grand cerceau.

Pendant ce temps, Boo se tenait dans un coin de la salle à répéter ce qu'elle allait dire en présentant les différents numéros des Brownies.

Les chefs de camp décidèrent de se présenter en tant que clowns. Elles firent semblant de

lancer des seaux d'eau à Boo qui arrêta son discours pour les poursuivre autour de la salle.

C'était si comique qu'à la fin, les autres Brownies cessèrent peu à peu de pratiquer pour les regarder. Elles se tordirent de rire et, quand Vicky, Sam, Alex, Aruna et Daisy saluèrent le public, tout le monde applaudit et cria des bravos.

— Hé, il a cessé de pleuvoir, dit Aruna.

— Hourra! s'écrièrent toutes les filles.

— Est-ce que cela veut dire que nous pouvons retourner au campement? demanda Ellie. Nous devons commencer à le décorer afin qu'il ressemble à un cirque!

— Tu as raison, approuva Vicky. Nous ferions mieux de tout ramener avec nous.

— Alors allons-y, les filles! dit Sam. Partons!

Les Brownies décidèrent de remettre leurs choses dans les tentes avant de commencer à faire des affiches et des bannières pour le cirque. Ellie fut la première arrivée dans la tente des Hérissons.

— Oh non! s'exclama-t-elle en s'asseyant sur son lit de camp. Regardez mon sac de couchage! Il est complètement trempé…

Chapitre 9

— Molly, que s'est-il passé ? demanda Ellie tandis que les Hérissons se rassemblèrent autour. Aucun des autres sacs de couchage dans la tente n'était mouillé.

— Oh, je sais ce qui est arrivé…, dit Alex qui avait suivi les filles dans leur tente. Tu l'as laissé en contact avec un des côtés de la tente. La pluie s'est déversée le long et a trempé ton sac de couchage et ton pyjama.

Les yeux d'Ellie s'embuèrent de larmes.

— Où vais-je dormir, maintenant ? dit-elle en sanglotant. Oh, je suis nulle en camping !

Les Hérissons s'assirent à l'extérieur de leur tente, réconfortant Ellie, et Alex l'assura qu'elles

pourraient lui trouver un sac de couchage sec. Mais Ellie était certaine qu'elle devrait simplement rentrer chez elle.

— D'accord, dit Alex. Mais je vais quand même voir si j'arrive à te trouver un nouvel ensemble pour la nuit, juste au cas où tu changerais d'idée.

Les meilleures amies d'Ellie vinrent la voir lorsqu'elles apprirent ce qui s'était passé.

— Oh, Ellie ! dit Jamila. Tu peux avoir mon sac de couchage !

— Et mon pyjama, lui proposa Grace.

— Mais alors, où vas-tu dormir, Jamila? lui demanda Katie l'air perplexe. Et dans quoi vas-tu dormir, Grace?

Son visage prit une telle expression que les autres filles ne purent s'empêcher de rire. Même Ellie réussit à sourire.

— Je vais téléphoner à maman, leur dit Ellie. Elle viendra me chercher.

— Mais nous ne sommes ici que pour une seule nuit encore, fit remarquer Katie.

— Oui, confirma Grace. Et nous avons besoin de toi pour notre cirque.

— On ne peut pas décorer le campement sans toi! ajouta Jamila.

Ellie les regarda avec tristesse, puis soupira.

Avant qu'elle ne puisse dire quoi que ce soit, une dame arriva au campement avec un sac de couchage sous son bras.

Elle portait un insigne sur lequel il était écrit Gina.

— Un sac de couchage sec et des vêtements de nuit brownie supplémentaires, dit-elle. C'est pour quelle tente ?

— Celle-ci, s'il vous plaît, dit Alex reconnaissante. Merci.

— Regarde ! s'exclama Jamila. Le problème est résolu !

— Allez, Ellie. Nous avons besoin de ton aide ! dit Katie.

— Daisy a déjà tout préparé pour les peintures et le papier, dit Charlie.

Lentement, Ellie se mit à sourire.

— OK, dans ce cas, dit-elle en parcourant du regard le campement. Je pense que nous devrions commencer par faire des affiches pour les mettre à l'entrée de notre site.

— Ouiii ! crièrent ses amies.

Ellie allait rester !

Les Brownies s'occupèrent à peindre. Elles créèrent des affiches et des bannières magnifiquement colorées.

— Wow — le camp a l'air super! déclara Izzy alors que les Brownies se reculèrent pour admirer leur grand travail.

Elles avaient mis des affiches dans tout le campement.

— N'est-ce pas? dit Grace.

— Hé! s'exclama Katie. Vicky et Sam sortent de la tente des Blaireaux.

— C'est une autre inspection de camp, dit Aruna en souriant. Je me demande qui a gagné Beryl la Brownie cette fois?

Katie voulut se précipiter dans la tente des Renards et vérifier si tout était en ordre, mais avant d'en avoir eu le temps, Vicky et Sam arrivèrent et levèrent la main droite. Les filles cessèrent de parler.

— Bien, les Brownies, nous venons d'effectuer une autre inspection pour voir à quel point vous gardez vos tentes bien rangées.

Elle tint Beryl dans les airs afin que toutes puissent voir la mascotte.

— Les détentrices actuelles de Beryl sont les Renards, poursuivit-elle, mais la tente la plus rangée aujourd'hui est…

Les Brownies attendirent avec nervosité.

— …les Blaireaux! Bravo!

Les Brownies applaudirent pendant qu'Izzy, la sizenière des Blaireaux, alla chercher Beryl.

— Bien, dit Vicky en regardant sa montre. Notre public va bientôt arriver ! Alors, il nous reste juste assez de temps pour peindre des visages de clowns aux unes et aux autres. Aruna et moi avons du maquillage — commençons.

Vicky, Daisy et Aruna proposèrent des idées aux Brownies sur les couleurs à utiliser et bien vite il n'y eut plus aucune Brownie au campement — elles étaient toutes devenues des clowns !

En fait, sauf une. La seule Brownie n'étant pas devenue un clown était Boo, qui avait revêtu une queue de pie et son chapeau haut de forme. Elle avait l'air magnifique en tant que Monsieur Loyal.

Boo avait écrit une liste des différents tours et habiletés que les Brownies allaient effectuer.

— OK, dit-elle. Est-ce que tout le monde connaît l'ordre d'entrée en scène de nos numéros ?

Toutes les filles acquiescèrent.

— Je vous appellerai pour venir dans le cercle quand ce sera votre tour ! dit Boo excitée avec un large sourire.

— Hé, regardez ! dit Jamila en pointant du doigt. Les Brownies d'Agnestown arrivent ! Dépêchons-nous !

Les Brownies d'Agnestown étaient aussi excitées que celles de Badenbridge.

Elles applaudirent quand Boo apparut dans le cercle et annonça le premier numéro où Katie et le reste des Renards présentèrent un numéro de jonglerie. Elles étaient devenues si agiles qu'elles commencèrent même à se lancer des balles lestées les unes aux autres tout en jonglant. Et lorsque l'une d'entre elles en laissait tomber une, elles firent simplement le clown comme si cela faisait partie du numéro, ce qui fit rire tout le monde.

Les Écureuils vinrent après en présentant un enchaînement de marche sur des échasses sur fond de musique. Aruna démarra la musique sur son MP3 et les Écureuils étaient parties ! Ce

fut une bonne chose qu'elles eurent
toutes des sourires de clown peints
sur leurs visages, car Charlie et les
autres se concentrèrent tellement
fort qu'elles en oublièrent de sourire
pour de vrai.

Puis Boo entra dans le cercle,
poursuivie par les chefs de camp,
comme si elle avait de réels ennuis.
Mais ensuite elle fit rire tout le monde en
courant derrière elles à son tour hors du cercle !
Boo demanda au public si le spectacle leur plai-
sait et tout le monde applaudit
très fort.

Ensuite, les Lapins pré-
sentèrent leur numéro de
magie en faisant appa-
raître des foulards et des
balles lestées venant de
nulle part. Grace réussit

même à duper quelques Brownies dans le public lorsqu'elle fit semblant de sortir des foulards de leurs habits brownie.

Lorsque les applaudissements cessèrent, Boo présenta les Hérissons qui firent un numéro étonnant avec des diabolos et des bâtons du diable en les lançant et les faisant tournoyer très haut au-dessus de leurs têtes. À un moment donné, Ellie laissa tomber son bâton du diable, mais elle afficha sur son visage une expression de clown triste et tout le monde l'applaudit.

Boo poursuivit les Hérissons hors du cercle à la fin de leur numéro, puis raconta des blagues avant de demander au public d'accueillir le dernier numéro — celui des Blaireaux.

Le public fut triste que le spectacle tire à sa fin, mais il se réjouit à nouveau bien vite lorsque Jamila et les autres Blaireaux coururent dans le cercle pour présenter un numéro éblouissant avec de grands cerceaux. Izzy et Chloe avaient perfectionné l'art de faire tournoyer de grands cerceaux autour de leurs bras tout en en faisant tourner un à toute vitesse autour de leurs tailles. Mais les autres étaient loin d'être aussi bonnes, ce qui fit plutôt rire le public en les voyant agir comme des clowns, en faisant semblant d'être vraiment mauvaises à cet art des grands cerceaux.

Lorsque Boo annonça la fin du spectacle, il y eut des « non! » criés dans le public avant que tout le monde ne se lève pour les applaudir. Jamila, Ellie, Charlie, Grace et Katie se donnèrent des coups de coude et firent un grand sourire.

— Bravo, les Brownies! dirent Vicky et Sam en venant les féliciter.

— N'était-ce pas super? dit Katie.

— Totalement, répondit Ellie.

— Je l'ai adoré! ajouta Grace.

— J'ai pris des photos fantastiques avec ton appareil, Charlie, dit Daisy en le lui tendant.

— Un très grand merci! dit Charlie en affichant un grand sourire.

— Alors, qu'allons-nous faire maintenant? demanda Katie aux chefs.

— Je meurs de faim! dit Jamila.

— Moi aussi! approuvèrent toutes les autres Brownies.

Vicky et Sam se mirent à rire.

— Nous avons besoin de tout le monde pour préparer notre dîner de camp, dit Vicky. Et la bonne nouvelle est que les Brownies d'Agnestown vont se joindre à nous!

Brownies

Chapitre 10

Grâce à l'aide de toutes les filles, leur dîner au feu de camp fut vite prêt. Elles plongèrent dans un délicieux ragoût, suivi de guimauves grillées.

C'était génial d'avoir l'occasion de mieux faire connaissance avec les Brownies d'Agnestown, et tout le monde bavarda et rigola. Après le dîner, les chefs les entraînèrent à chanter, ce qui fut vraiment amusant — surtout lorsqu'elles divisèrent le camp en deux groupes pour chanter.

Bien vite ce fut le temps d'aller au lit.

— Mais nous ne voulons pas aller nous coucher! dit Ellie qui fut alors prise d'un bâillement.

— Allons, vous toutes! dit l'une des chefs des Brownies d'Agnestown. Nous devons aller au lit. Mais avant de partir, prenons une photo de groupe avec nos nouvelles amies!

— Ahhh! soupirèrent les filles d'Agnestown en se préparant à partir après la photo.

Elles serrèrent dans leurs bras leurs nouvelles amies pour leur dire au revoir avant de traverser lentement le champ vers leurs tentes.

— Ce fut la plus belle soirée de toutes! dit Molly.

— Qui est prête à aller au bloc sanitaire? demanda Alex.

— Oh, devons-nous nous laver? dit Lucy en gémissant. Je suis trop fatiguée!

— Nous ne pouvons pas aller nous coucher en ayant l'air de clowns! dit Grace en rigolant.

Lucy avait complètement oublié qu'elle avait encore du maquillage sur son visage !

Alex rit.

— Allez — allons nous arranger !

Le jour suivant, les Brownies se réveillèrent tard.

— Je n'arrive pas à croire que nous sommes déjà dimanche, dit Jamila en soupirant, tout en se servant un bol de porridge.

— Moi non plus ! approuva Katie.

— Je sais qu'avant je passais mon temps à dire que je voulais rentrer chez moi, dit Ellie. Mais maintenant je m'amuse tellement que je n'ai pas envie de partir !

Les autres se mirent à rire, mais elles savaient exactement ce qu'elle voulait dire. Leur premier camp brownie avait été ce qu'il y avait eu de plus amusant !

Une fois que le petit déjeuner et le nettoyage furent terminés, les Brownies rangèrent le campement et firent leurs sacs, prêtes pour le voyage vers la maison. Vicky et Sam firent une dernière inspection, et cette fois Beryl la Brownie fut attribuée aux Hérissons. Puis, toutes les chefs allèrent à la rencontre des sizaines pour vérifier si les filles avaient terminé leurs journaux de bord et tout leur travail concernant les insignes.

— Bien, dit Vicky après avoir appelé les Brownies à revenir dans le cercle. Faisons notre dernier pow-wow du camp.

— Ahhh! répondirent les Brownies.

Vicky afficha un large sourire.

— Je sais que c'est triste, mais nous avons eu du bon temps, n'est-ce pas?

— Vous avez toutes travaillé dur et appris tant de nouvelles choses, ajouta Sam. C'est pourquoi nous avons beaucoup d'insignes à remettre en récompense!

— Ouiii ! s'exclamèrent les Brownies.

— Je vous demanderais de vous mettre en file derrière votre sizenière, poursuivit Sam. Alex va vous présenter avec vos insignes ! Certaines d'entre vous recevront leur insigne «Par monts et par vaux», d'autres, leur insigne de «Campeuse», et d'autres, celui de «Campeuse avancée». Oh — et vous recevrez toutes votre insigne d'«Artiste de cirque» aussi ! Bravo !

Après avoir dit un dernier au revoir aux Brownies d'Agnestown, les Brownies de la première unité de Badenbridge s'empilèrent dans le bus pour rentrer à la maison. En s'en allant, elles regardèrent Waddow Hall disparaître peu à peu.

— Celles qui pensent que ce fut le meilleur camp de tous, levez la main ! demanda Megan, la sizenière des Écureuils.

— Moi! répondit chaque Brownie dans le bus.

— Trois applaudissements pour Vicky, Sam, Alex, Aruna et Daisy! déclara Izzy, la sizenière des Blaireaux. Hip hip…

— Hourra! crièrent très fort les Brownies.

Les Brownies de la première unité de Badenbridge étaient en route pour la maison.

Le lundi après-midi, Ellie, Jamila, Grace, Katie et Charlie se réunirent dans la cour de l'aventure au parc. Encore fatiguées de leur fin de semaine, elles étaient contentes que ce soit le milieu du trimestre et qu'il n'y ait pas d'école. Elles s'assirent sur les pneus servant de balançoires, bavardant avec excitation.

— Je suis tellement heureuse que tu aies décidé de rester au camp, Ellie, dit Grace.

— Moi aussi ! approuva Ellie. Et ma mère m'a dit qu'elle était fière de moi que je n'aie pas abandonné après m'être retrouvée si mouillée et dégoûtante !

— Cela me rappelle — j'ai apporté mes photos du camp, dit Charlie. Regardez !

Les cinq meilleures amies rigolèrent en tournant les pages des photos.

— J'aimerais que ce soit demain la soirée Brownies, dit Ellie en soupirant.

— Mais nous sommes à la moitié du trimestre, de sorte que nous devons attendre une semaine entière, dit Charlie.

— Et il y aura aussi toutes les nouvelles filles à la prochaine rencontre ! s'exclama Jamila.

— Il y aura donc encore plus de Brownies avec qui s'amuser ! dit Katie. Je suis impatiente !

— Moi aussi ! dit Ellie. Mais d'abord, nous avons un coin d'aventure à explorer. Allons-y !

Fais la connaissance des Brownies de la première unité de Badenbridge!

Pip

Lottie

Katie

Amber

Emma

Caitlin

Lucy

Grace

Molly

Boo

Poppy

Amy

Ellie

Lauren

Sukia

Holly

Jasmine

Jamila

Izzy

Chloe

Ashvini

Faith

Charlie

Bethany

Megan

Comment Boo a obtenu son insigne « Artiste de cirque » !

1. Elle a fabriqué une paire de balles lestées pour jongler.

2. Elle a appris comment jongler avec ses balles lestées.

3. Elle a appris comment utiliser un diabolo.

4. Elle a participé à un atelier des arts du cirque avec les autres filles de son unité pendant qu'elles étaient au camp.

5. Boo a joué le Monsieur Loyal au camp de cirque des Brownies de la première unité de Badenbridge. Tout en étant Monsieur Loyal, elle a présenté un court numéro de clown avec les chefs de camp.

Artiste de cirque

Comment fabriquer une balle lestée pour jongler !

Pour fabriquer chaque balle lestée, tu auras besoin de :

2 morceaux de feutre mesurant environ 16 cm x 10 cm
Des retailles de feutre de différentes couleurs
De la colle pour tissu
Un crayon
Une aiguille à coudre et du fil solide
Des haricots secs

1. Prends les deux morceaux de feutre et couds-les ensemble sur la longueur et couds un côté court. Si tu ne veux pas coudre, tu peux coller ensemble les trois mêmes côtés de feutre avec de la colle pour tissu. Assure-toi que la colle soit sèche avant de commencer la troisième étape !

2. Coupe les retailles de feutre en leur donnant des formes et colle-les sur un ou les deux côtés de la balle lestée. Les Brownies de Badenbridge ont coupé leurs retailles en forme d'yeux, de nez et de bouches afin de fabriquer des visages de clowns pour leurs balles, mais tu peux découper des étoiles, des lunes ou toute autre forme que tu désires !

3. Remplis le sac de haricots jusqu'à ce qu'il soit plein aux ⅔ environ. Fais attention de ne pas trop remplir le sac, sinon il te sera difficile de jongler avec lui.

4. Couds ou colle le petit bout qui reste afin que les haricots ne s'échappent pas du sac.

5. Attends que la colle soit sèche avant de commencer à jongler !

Truc de Brownie : Tu peux trouver des haricots secs dans n'importe quel supermarché. Il y en a de nombreuses sortes — essaie des haricots aduki ou des haricots rouges.

Rejoins les Brownies du Canada, les Exploratrices

Elles font plein d'activités !
Elles font des choses cool pour obtenir des insignes. Elles font des soirées pyjama, se font plein d'amies et s'amusent beaucoup.

Pour en savoir plus sur ce qu'elles font et la façon de joindre le mouvement, rends-toi sur le site Web :
www.scoutsducanada.ca
www.girlguides.ca

Aussi disponibles :

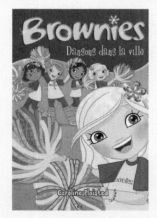

www.ada-inc.com
info@ada-inc.com